COUDRIN– l'enfant noir

MISE EN GARDE

COLLECTION POUR ADULTES

les livres de la collectiON
ENFANT NOIR peuve contenir
des scène de violence physiques
moral et séxuelles nous rappellon
au lecteur et lectrice

COLLECTION POUR ADULTES

COLLECTION POUR ADULTES

COLLECTION POUR ADULTES

APPARTEMENT DE P' TIT DIABLE NUMERO 2

CHAPITRE 1 PLAGE DE PORT MARIA

ALLEE debout gro
dormeur et oui on
va à la plage allée
debout par contre
pas de comédie
de la journée
tu et prévenu
ALLEE p'tit diable
numéro 2 dans
mes bras temps STOP
ta pas oublié
1 truc non ton
PONCHO pas
oui sans ton vêtement de plage
couche de toutes
façons on ira allée
téléporte nous
sur place GHROUM
fait attention p'tit
diable numéro 2
pas de comédie
allée va faires des
châteaux de sables
pas contre on te
prévient la semaines

prochaine tu et
en formation avec
SÉBASTIEN LE RET et
MUDOUME LE RET

CHAPITRE 2 FORMATION CONTINU

MAMAN MAMAN

GHROUM

LE voila partie en tous
cas ils devraient revenir
en super forme ils
faut dire ça fait 9 mois
qu'ils a pas passé tu
temps avec les parents
j'espère qu'ils va
se tenir tranquille
et ne va pas faire de comédie
on commence le
télétravailleur il faut
espéré qu'ils le
garde cette fois
la semaines entière
il va être infernal
en plus il et que
3h35 du matin temps
pis le boulot ce

martin certe
après-midi on verra
ceux qu'on fera.
(5 heures plus tard)

OUF nous voilà avec
les raspberry pis 3 et 2,1
IL faut dit qu'on a
de la chance cette fois
p'tit diable numéro 2
ne va pas nous faires
de comédie il
est tellement mauvais
joueurs n'empêche
on rigole tellement
bien avec lui en
tous cas cette ils
dors avec des
couches il a bon
coeurs pas contre
il fait vraiment trop
de comédie en
tous cas o niveaux
des calment je
suis très content
qu'ont ai réussie,
ils prend et en
redemande pas
contre pour les

vitamine il abuse.
SURTOUT quant elles
sont de couleurs
cassis hein grand
ENCRENOIR tu
te souvien 1 fois
il était malade on
avait fait la connerie
de le vidanger. A
oui il avais tous vomir
dans le lit et en
plus il était vraiment
très pâle ON s'était
pris 2 réglées
pas SEBASTIEN LE RET
et MUDOUME LE RET
oui je m'en souvien
4 jour aprés ANGE NOIR
tu et pâle A c'est l'heure
du sucre j'en ai vraiment
marre des éffet
secondaires de l'insuline
SÉBASTIEN LE RET a
dit que je ne peu
plus m'en passé
et que c'est a vie

CHAPITRE 3 PLAGE DE PORT MARIA

OUF ils y a énormément
de monde en tous
cas ils ya pas mal de
gosses et des parents
incompétent pas faux
GENDARMERIE PAPIERS
je vous pris qui son
vaux tatoueur ALOR
la bonne question
impossible qu'ont
vous donne l'infor
ça fait plus de 30 ans
dont ils sont peu-de
chance d'être encore
en activités ou allor
ils sont 98 ans
et sans doutes plus
de capacités.JE
vois vaux tatouages
provoque pas mal
de m'allait pour
les adultes et pour
beaucoup d'enfants ils
serait sage de les recouvrir
au moin l'été sinon
ils devienne claire
et perdre de leurs
sobriété GRAN-FRERE
ton sucre OU PARDON

DIABÈTE il a souvent
tendance a parlé
beaucoup de ces
tatouages.JE vois.
Vaux papiers sont
en règle générale.

CHAPITRE 4 GENDARMERIE NATIONAL

OUF dit-dont on et
pas obligé d'aller ci
loin tu a entendu
les gendarmes
tu effrayés les touriste
dont au temps
allée sur 1 plage
ou sa pus les algues
en décomposition
et d'avoires la paix
de toutes façons
on ne fait que
se baigner dont
on ne risque rien.
BONJOUR messieur
GENDARMERIE NATIONAL
MERCIE VOUS allée
devoir nous suivre
au poste petit formalités monté

15 minutes plus tard

allée entrée lacettes
et objet de valeur
vous allez être présenté
devant 1 juge GHROUM
ALERTE GHROUM PÈRE
allée dans mes bras
en tous cas c'était
moin 1 LK et SEB SONT
justement au poste
entraide de soufflés
sur les gendarmes
et en plus sans
raison valable.

CHAPITRE 5 SOUFFLANT ET SCANDALE A LA GENDARMErie

C EST PAS POSSIBLE d'emmerdé
le monde tous sa a
causse des connard
de touristes coincé du
cul et qui emmerde
tout le monde avec
leurs camping-cars
et leurs saloperie
d'ordures ménagère
et on leurs dit rien

CALMEZ VOUS MADAME
MR LE RET on
va ouvrire 1 procédure
pour savoir ce
qui c'est passée
dans ce service
vous recevrais 1 rapport
ainsi que vaux
avocat on verra
le maximum dans
les plus brefs
délais bien entendu GHROUM
Bon on vient de se vider ils font
faires 1 enquête
pour savoir ceux
qui c'est passée
on devrait recevoir
des courriers
avec les rapport
concernant cette
affaires

CHAPITRE 6 PLAGE DE PORT MARIA

Allée debout p'tit
diable numéro 2
il est l'heure d'aller
a la plage en plus
pas téléportation

et oui sur la plage
du fozo pas oui
ils faut faires
des économie
certe on possède
1 voiture électrique
mais ils faut
bien que tu
utilisé tes pouvoir
de téléportation
1 fois de temps en
temps.ALLEE debout
bon 1 suppositoire
GHROUM Voilà c'est
parfait p'tit diable
numéro 2 pas contre
tu reste pas dans
mes bras MAMAN NON
va dans les bras
de grand ANGE NOIR
ALLEE gros comédien
en tous cas
tu en a de la
chance de nous
avoir pour la
journée on et 8 avec
toi et en plus
pas de suppositoires
dont pas de

raison de faires
la comédie.

(MAMAN MAMAN)
CHUUUT

tu ne va pas

nous faires des
crise de jalousie
en plus tu a de la
chance pas contre
ce soir tu va a la
douche GHROUM Voila
les glacières et
les différent GLACES

(HUM HUM)

NON p'tit diable numéro 2
tu reste dans mes bras
tu fais trop de comédie
en ce moment .

CHAPITRE 7 CHATEAUX DE SABLE

ALLEE vient comédien
prend ton matérielle
pour les châteaux de

sable pas contre tu reste
tranquille pas de crisse
ou de colère violente
té prévenue ALLÉE
on va pas contre ce soir
pas de partie sur
les raspberry pie pas
oui tu a des
papiers et des jeux
sur pc a texté et
oui le STOP allée
plus loin pour
faires vaux châteaux
de sable on s'occupe
de préparer le goûter
et les sandwiches
pour ce soir sur
la plage pas oui
on dine sur la plage
comme sa pas
de téléportation a
faires pour rentrée.

(8 heures plus tard)

ROOONNNFLE ROOONNNFLE

SÉRIEUX vous s'étre
obligé de le mettre entre

vous 2.PAS le choix
mamie PALAUD
ou il dort pas et
s'énerve super vite
en ce moment sa
va il ét super calme
mais il ya des jours
ou il dort beaucoup
plus.ON et tous
les 2 en télé travailleur
grand ANGE NOIR forcémment
on ne le bouscule pas
dont il dort mais 1 fois
qu'il est réveillé
il reste pas calme
très longtemps.

CHAPITRE 8 CRisE ET PLEURE

(MAMAN MAMAN) (MAMAN MAMAN)

(MAMAN MAMAN) (MAMAN MAMAN)

CHUT CHUT Allée
respire respire
hum hum OUF
voila la couche au
lavage pas contre
p 'tit diable numéro 2

tu reste cul-nu
toutes la journée
et oui en plus ta
de la chance on
et tous les 2 en
télétravailleur dont
tu nous a toutes
la journée dans
les pattes pas contre

CHAPITRE 9 5 domaine médical

chapitre 1 mise en place pour l'hiver
bon MUDOUME on doit
ce séparé et oui,
aujourd'hui on na 5 domaine
médical à s'occuper
l'équipe FORMULE 1
a été briefé ils sont l'ordre
de ne pas s'occuper
dès domaine médical LE RET
j'ai envoyés les équipes

LES 4 JUMEAUX MALÉFIQUE

LES BEAU GOSSE

KART

P TIT ANGE

S'occuper des domaine a
SENE
BREST
et QUIBERON
Dont il nous reste
saint-pierre-quiberon
et le nouveaux celuis de
GUÉMENÉ SUR SCORFF
bon au boulot pas contre
on devrait placé
p'tit diable numéro 2
dans l'équipe PALAUD
IL dort chez MADELEINE PALAUD
toutes la semaines
ces 2 grand frères
les 2 grand ENCRENOIR
et ANGENOIR le surveille
et en plus il et
dans sa période
de grosse fatigue
coup de chance qu'ils
nous reste ces 2 la
en stock ils faut
dire que les p'tit
diables numéro 1

et 3 nous on pris
les jumeaux ENCRENOIR
et ANGENOIR mais
o moin on n'a pu
ouvrire grâce à
eux 3 domaines
supplémentaire
et les garder dans
nos relations.

chapitre 10 sans fessées

MAMAN MAMAN CHUUUUUUUT

p'tit diable numéro 2 commence
pas la comédie je
te prévient je ne cède
pas direction la douche
attention grand ENCRENOIR
revient dans moin de
25 minutes allée rentre
danc la douche non
les piscine sont pour
tes neveux qui
ne font pas tardé à arriver
RESPIRE de toutes
façons tu échappera
pas au suppositoire
et même si tu dors

avec moi cette nuit
et oui même les
parents ont donné des
instruction très
claire la dessus allez détend toi
et si tu et sage
tu pourra allée
a la plage du fozo
pour te détendre ci
tu te tiens à carreaux.
PIF AI bouge pas grand
ANGE NOIR dommage
je suis a coté c'est bon
tu et a 1.50 c'est pile
la limite pas besoin
d'insuline pas contre
cette aprés-midi je
te confirme tu va a la
plage avec p'tit
diable numéro 2.

CHAPITRE 11   fête sans violence

MAMAN MAMAN

allée
dans mes bras gro comédien
en tous cas sur ceux coup
la tu a fait fort pas

de comédie de la
journée hein pas
contre tu reste tranquille
jusqu'à la fin dont
jusqu'à 19 h sa va on va a
la plage pas contre
il ya du vent.OU les gars
on va pas contre je
prend les équipement
de plage oui et
les équipement
de rechange   Grand ENCRENOIR
et grand ANGE NOIR pas
la peine de prendre
les équipement de
rechange on descend
aussie et puis ils
faut bien fatigués
les neveux et l'équipe
des filles Allée
les filles on descend
direction la plage sauf
les p'tit diables numéro 1
et 3 vous avez rdv
a la plage port d'orange
a saint-pierre-quiberon
tous les autres direction
la plage du Fozo.

(11 heures plus tard)

GHROUM Bon les équipes

KART

P TIT ANGE NOIR

LES 6 DIABLOTIN

dans la piscine sur

la véranda et les équipes

LES 4 JUMEAUX MALÉFIQUES

LES 2 JUMEAUX BOSSEUX

LES JUMEAUX ENCRENOIR

LES JUMMEAUX ANGE NOIR

ANGEVIN et

l'équipe BEAU-GOSSES

vous allée dans la
piscine dans la
cuisine elle et

neuve et beaucoup
plus grand dont
pas de comédie.

CHAPITRE 12 joueur

ALLEE debout p'tit
diable numéro 2
alor tu a oublié
de te réveillé hein
tu sais on na
rdv avec le grand
numéro 8 pas le
mari de grand numéro 4
et oui on va a londre
aller au taf p'tit
diable numéro 2 pas
contre tu reste pas
en pyjama allée
enfile ton costume
de détente avec
1 pantalon jai
ordre de t'accompagner
habilité et oui
c'est PAPA qui a
dit te d'imposer 1 pantalon
PLOUFF mais c'est
loin london GHROUM
il s'était rendormie

sacrés p'tit diable
numéro 2 o moin
tu a 1 short ça ira
pas contre pas
de piscine vous
rentrée avant 17h30
et toi tu passe
a la vidange avant
18h15 comme
sa tu nous fous
la paix pas contre
tu auras 2 tests médicaux.
ALLO les gars j'espère
que grand numéro 4
vous a annoncé la
bonne nouvelle
je reviens vivre en
bretagne mes gosses
et mes p'tit enfants
sont adultes et je me
fait chier ici depuis
la mort de ma femme
je tourne en rond et
puis ma retraite me
sert a rien dont j'espère
que je pourrais vous aider
dans la gestion de vaux
domaine médical.PAS de
probléme grand numéro 8

pas contre on te prévien
dans notre équipes les
suppositoires sont
obligatoire et les féssée
déculotté c'est uniquement
pendant les rapport sexuels.

CHAPITRE 13 détende

MAMAN MAMAN CHUUUUUT bouge
pas je change ta couche
en tous cas cette après-midi
tu va a la plage pas
de partie sur les borne
ou les raspberry pie
et oui on est mercredi
dont tu peu aller tous
seuils à la plage je
suis en visio-conférence
incit que grand
ENCRENOIR et puis
tu va a la plage
avec grand numéro 8
pas de comique et en plus les équipes

KART

P TIT ANGE NOIR

LES 6 DIABLOTIN

LES 4 JUMEAUX MALÉFIQUES

LES 2 JUMEAUX BOSSEUX

LES JUMEAUX ENCRENOIR

LES JUMMEAUX ANGE NOIR

vienne vous rejoindre à 14h15
et oui vous allée
être très nombreux
sauf demain ou
ils ya 11 équipes
en visio-conférence
i compris toi toutes
la journée et oui
même le dimanche
et le lundi matin que
veux tu quand ils faut
faires rentrée des
sous tout le personnelle
et mobilisé enfin
ont a du taff dont
au temps ne pas
se plaindre BONJOUR
ANGE NOIR et
p'tit diable numéro 2

tes parents on
dit que je dois
prendre ta tension
et ta glycémie et
noté tous je
te prévien j'aime
pas les seringues.
ELLES sont super
fine tu permet
j'ai horreux de
l'appareil a une glycémie.

CHAPITRE 14 plage du fozo

WOUAH ILS ya pleins
de monde vient p'tit diable
numéro 2 on va
essayé de trouvé 1 place
vert le fond la ou
les algues se désintègre
OK TONTON mais
tu sais TONTON on
et en pleins été dont
ils ya de plus en
plus de monde
chaque été et en plus
que des étrangé comme
touriste et oui on
et envahie et dit

que pendant la guerre
on les a repoussé
et ils sont venus
nous envahie sous
forme de tourisme
c 'est la merde.

(5 heures plus tard)

ALLEE p'tit diable numéro 2
on remonte on na
des papiers et
des dossiers a
scanner et a renvoyés
avant 22 h o
services administrative et
oui on ne pose plus
les après-midi mais en
début de soirée vert
18h15 il et 17h30
allez on va.

CHAPITRE 15 RaGLÉES AVEC LE MARTINET

CLAF CLAF CLAF CLAF
CLAF CLAF NON LÂCHE MOI
CLAF CLAF CLAF CLAF
CLAF CLAF CLAF CLAF
CLAF CLAF CLAF CLAF

ALLE va au lit vilain
p'tit diable numéro 2
et attention a ton cul
ci tu et hors de ton lit.

LENDEMAIN

CHUT (MAMAN MAMAN)

allez reprend toi
p'tit diable numéro 2
hein il faut que
je viens de récupéré
hein alor comme
sa tu passe résistance
contre tonton grand
numéro 8 hein maintenant
tu as compris qu'il y a des limites.

(MAMAN MAMAN MAMAN MAMAN)

JE t'amène dans l'équipe
de SAMOURAÏS et oui
je te prévien avant utilisé
des pouvoir de régénération
hein je ne suis pas de
la dernière puis
hein aller voilà

c'est mieux pas
contre pas 1 caprice
tu sais ceux qui
t'attend GROUHM ALLEE
va joué avec YARANE
et IVON les gars hésité
pas avec les rapport
séxuelles et égalmment
la douches et
sur tous les câlins.

CHAPITRE 16 placement dans les 5 domaine médical

BON LES ÉQUIPES

EQUIPE KART

P TIT ANGE NOIR

LES 6 DIABLOTIN

LES 4 JUMEAUX MALÉFIQUES

LES 2 JUMEAUX BOSSEUX

LES JUMEAUX ENCRENOIR

LES JUMMEAUX ANGE NOIR

EQUIPE ANGEVIN

EQUIPE BEAU GOSSES

equipe p'tit diable numéro 1 et 3
allor ÉQUIPE ANGEVIN
et LES 2 JUMEAUX BOSSEUX

et en plus il va
être infect mais il
a pas le choix

LENDEMAIN

GHROUM bon p'tit diable
numéro 2 tu reste
assie sur la chaise je te
prévient à 14h05 tu
va a la plage du fozo en
tous cas tu té très
bien tenue hier soir
alor aujourd'hui tu
va travailler avec moi.

CHAPITRE 13 FIN DE SEMAINES

GROUHM allo p'tit diable
numéro 2 tu peu aller
faites la sieste aprés tu va

a la plage les 2 grand
ANGE NOIR et ENCRENOIR vont
rentrée dans moin
de 2 heures ils seront
la a la sortie de ta
sieste a tous ta l'heure.
BON il faut que je sorte
tous les parquets cadeaux
j'espère que la semaines
va bien se passée en tous cas
j'ai 7 personnes à ma charges
LES 3 ENCRENOIR les jumeaux et
le grand ENCRE NOIR et
les 3 ANGE NOIR les jummeaux
et le grand ANGE NOIR en
tous cas j'espère qu'ils
font se tenir à carreaux j'espère
que les 2 grand ANGE NOIR
et ENCRENOIR font m'aider
en tous cas ils font pas
être très content ils
faut qu'ils s'habitude à
Faites la sieste l'après-midi.

2 HEURES PLUS TARD

GHROUM BONJOUR mère
OK les 2 jummeaux ANGE NOIR
et les 2 jumeaux ENCRENOIR

allée rejoint p'tit diable
numéro 2 a la sieste je vien
vous réveillé dans moin
de 1h30 promis vous irez directement
a la plage du fozo
bien entendu.

CHAPITRE 17 samedi a la plage du fozo

BONJOUR les jumeaux
ANGE NOIR et les jummeaux
ENCRENOIR vous partez à la plage
dans moin de 35 minutes p'tit
diable numéro 2 tu les accompagne
je reste aver les 2 grand ANGE NOIR
et ENCRENOIR on vous prépare
les pique-nique pour ce midi
et pour ce soir.
OUFF ils sont été infecté certe
nuit en tous cas ils sont
commencé a dormir a
22h12 brefs je comprend
pour qu'elle motif
ils passe plus de temps
laver SEB LE RET et MUDOUME LE RET.
STOP on va vivre avec
eux pendant 2 semaines
mercie de m'aider à les
remettre dans le

droit chemin ils sont
perdu voila pour qu'elle
motif ils sont infernal
vous savez que SEB LE RET
et MUDOUME LE RET
les punir que aver des
rapports sexuelles vous
s'être les 2 grand de
ces 2 équipes vous avez
été éduqué à vous
occupée dès 3 p'tit
diables vous allez pouvoir
les remettres sur
le droits chemin et
puis ils faut que vous
les guides verts 1 éducation
sans rapport séxuelles
et sans suppositoires.

CHAPITRE 18 EQUIPES DES 9 P TIT DIABLES

ALLEZ debout les gros
dormeur et oui aujourd'hui
vous allée dans le nord pas
de calais travaillée a
l'usine de recyclages
des cartonnée usagée et
des nombreux autres modèle
de carton.P'tit diable

numéro 4 tu les emmènes
et ce soir tu va les récupérer
attention on t'attend ici
pour aller à la perchés au
truites vous avez 12 minutes
à tous ce soir.

15 minutes plus tard

OUF les voila enfin
partie en stage pour
1 semaines.GHROUM allée
prend 1 grande respiration
p'tit diable numéro 4 on
na tout préparé pour la
perches et les gilets de sauvetage
GABRIELLA on devrait
quand même signalé ces
problème de respiration
a LK ou 1 des chefs
de l'équipe LE RET
oui on le fera des

BLOC BLCOC MERDE

il lui arrive quoi.FUSION
ANUBIS GROUHM Merde
hum bon 1 en crisse
ça promet bizarre ces

jambes et bras sont
paralissé c'est quoi
ce bordelle ANUBIS
vien a moi avec LK
GHROUM TÉLÉPORTE
nous o bloc maintenant GHROUM

CHAPITRE 19 OPÉRATION IMPRÉVUE

MUDOUME GHROUM il RESPIRE
PLUS MERDE TEMPIS on
le mer sous respiration
artificielle.BRAS DE FER va a
la recherches des chefs
d'équipes GHROUM IL lui
arrive quoi bon sang
il recommence à respirer mais
je ne comprend toujour
pas MOI de plus malgrés
mes année de médecine bon
il faut le brancher au
sonde en tous cas
j'espère trouver ce qui
a attrapée en tous
cas j'espère que
les autres chefs d'équipes
pourront nous
aidé sur ce
gros problème.

2 heures plus tard

GHROUM Wouha 1 p'tit
diable a opéré en
tous cas il est super gris.

STOP DR COUTURIER

on vous rappelle que vous
possédé le pouvoir
de guérison et de
régénération des tissus
humains.OK OK mais
on fait a quoi au juste.pour
l'instant rien j'attend mes
p'tit filles.GHROUM WOUHA
en tous cas elles sont
rapide pour quoi toujour
dans leur labo ?
C'est la que les 9 p'tit
diables ont été consul
incit que MALERNE et
GABRIELLA et puis o
moin on sait qui c'est et
oui elles sont du super
matérielle seuil problème
elles sont trés jeune et
pas assez vielles leurs

mère et plus pire
que LK elle et super
froid et insupportable

CHAPITRE 20 VAISSEAUX DES P TIT FILLES DE LK

GROUHM Merde Tu et
seuil.OUI les autres sont
partie gardé leurs mômes elles
devrait revenir aprés demain.
C'EST violent quand j'essaye
mes pouvoir sur lui.NORMAL ils
sont de génération différent
en tous cas il respire difficilement
je pense qu'il dois être mal
en point depuis plus de
3 mois vu l'état de ces
bronches ça va je vais
pouvoir enlever tous ces
détritus de ces bronches
j'appelle ma mère elle
comme sa en cas de
bêtise elle pourra me
collé 1 baffe ce né pas
contre toi.Marion je te
remercie mais dit-moi
et toi a tu des enfants
ou 1 compagnion.JE suis
toujour a la recherche de

ma doublure séxuelle et
pas encore d'enfants
dans les cartons.
GHROUM Mère ou la
quant tu et la j'ai
encore tu travaille.
MERE peu tu me
conseillé il a les
vois encombrés je ne
sais pas ce que.
STOP merde il faut l'opéré
d'urgence regarde
moi faires on va utiliser
les rayon X mert
le sous calmment.OK
LK reste sur les
moniteurs ils faut
absolument qu'on
lui retire tous ces trucs.

CHAPITRE 21 PLUS COMPLIQUÉ QUE PRÉVU

OUFF bon mauvaise nouvelle
impossible de continuer
aujourd'hui on risque
de le tuer on va devoir
attendre demain à 14h
LK tu peux rejoindre
Les équipes et

pas contre on va
récupère les p'tit
diables numéro 5 à 9 et
leurs chefs d'équipes
en tous cas on va
devoir les faires passée
des textes et des examin
pas précaution en tous
cas on na pas mal de
taf a faires en tous
cas ils faut y aller a demain LK

LENDEMAIN

BONNE NOUVELLES LK

ils sont tous en
bonne santé y compris
leurs chefs d'équipes
pas contre on na
toujour pas trouvé
ce qui était arrivée
au p'tit diables numéro 4
pas contre on na découvert
qu'il a beaucoup de
fumer dans les poumon

i l a rejeté pas mal de fumer

en tous cas ces voix
respiratoires sont super
bien dégagé l'opération
hier et 1 succès pas
contre je ne comprend
toujour pas comment
autant de fumer
sont entrée dans ces
poumon et pourtant ils ne
se téléporte pas sur
de MARLÈNE et GABRIELLA
p'tit diable numéro 4 fait
combien de kilométre
pas de téléportation.
EUX il va souvent dans
le nord de la france
pas téléportation
il amenez tous les
autres p'tit diables
a la cartonnerie pour
leurs périodes de stages
mais il a développé
ces problèmes de respiration.

CHAPITRE 22 RÉUSSIE

ATTENTION voilà tous ces
poumon sont vidés et
il peut se réveiller en tous

cas pas moyen de trouvé
d'où vient toutes ces
fumer j'espère qu'on
va trouver tout vient certe
fumer et en plus on vient
de se rendre compte
qu'ils et en sur poids
mais sa explique
pas la fumée recrachés.

(15 minutes plus tard)

IL revient à lui doucement
p'tit diable numéro 4
en tous cas tu revien
de loin.ET maintenant
je comprend d'ou sa
vient allo p'tit diable
numéro 4 comment tu
de sens tu FATIGUÉ
normal tu et atteint
de FANTOMES ALLINK
reste tranquille en attendant
qu'ont de donne des
vitamines en supplementaires
par contre interdiction
de mangé des
pâtes et des
produit fromager et en

plus tu a pas de chance
malheureusement tu va étre
hospitalisé dans la
clinique JEANNE LE RET
pendant 8 semaines hélas
en tous cas tu a de
la chance c'est SÉBASTIEN LE RET
qui et de garde dont
tu risque de porter
des couches et
des chemises de nuit.

CHAPITRE 23 PLAGE DU FOZO

GHROUM MAMAN Alor
p'tit diable numéro 2
elle est bonne l'eau
OUI mais est il vrais
que je vais être mie
en bulles plastique
avec p'tit diable
numéro 4.EU oui
si tu ne m'écoute pas
Allo, attention à ton cul.
Allez je te laisse
emmenez p'tit diable
numéro 4 a la plage
pas de mauvais
cout tu sais ce qui

d'attente allée je
vient vous récupérer
pas de téléportation
autorisé à tous ta l'heure.

(25 minutes plus tard)

PLOUFF MUDOUME.OUI
ma chérie tu a besoin
de moi que puis je
pour toi.DIT sa te dirais
d'avoires des rapport
séxuelles avec p'tit diable
numéro 2 pas contre
pour p'tit diable numéro 4
2 suppositoires pour
ados devrais allée
pas contre tu va les
récupéré a la plage du
fozo.BONNE IDÉE ma
chérie heureusement
que tu et la ta des super idée.
PREND ton temps mais
déperche-toi putain
Je déteste cette phrase.

CHAPITRE 24 arrivé dans la salle aseptique

BONSOIR les p'tit diable

numéro 2 et 4 allée dans
mes bras pas contre
je vous prévient vous
allée pas être content
bon on pars pas téléportation
et oui LK et pas la
dont on peut en
profité 1 maximum
et j'ai oublié de vous
informé que ce soir
suppositoire sauf pour
toi p'tit diable numéro 2
rapport séxuelles
sans préservatif bien
entendu on fait pour
votre anniversaire qui
et dans 5 jours au
9 p'tit diables et au
chefs MARLÈNE et GABRIELLA
allée a 4 pattes
p'tit diable numéro 2

AYYYYYY

RESPIRE allo p'tit diable
numéro 4 tu sais que normalement
je devrais te mettre
des suppositoire je
te propose 1 autre

solution BUVABLE
GOÛT AMER HUM HUM HUM
ouvre la bouche p'tit
diable numéro 4

SLUC SLUC SLUC SLUC SLUC

AYYYYYYY

C'est bon tu a bien
avalé et p'tit diable
numéro 2 a u son
suppositoire allé rentre
dans cette bulle.
NON p'tit diable numéro 2
toi tu reste avec moi
allée dans mes bras

composition de couverture COUDRIN

DÉPÔT LÉGAL 9 NOVEMBRE 2022

www.ingramcontent.com/pod-product-compliance
Ingram Content Group UK Ltd.
Pitfield, Milton Keynes, MK11 3LW, UK
UKHW021127260726
13994UKWH00001B/15

9 782494 451360